KB265659

내 마음속의 거울

내 마음속의 거울

2024년 9월 3일 초판 1쇄 인쇄
2024년 9월 12일 초판 1쇄 발행

지은이 | 홍영옥
펴낸이 | 孫貞順

펴낸곳 | 도서출판 작가
　　　　(03756) 서울 서대문구 북아현로6길 50
　　　　전화 | 02)365-8111~2   팩스 | 02)365-8110
　　　　이메일 | cultura@cultura.co.kr
　　　　홈페이지 | www.cultura.co.kr
　　　　등록번호 | 제13-630호(2000. 2. 9.)

편집 | 손희 김치성 설재원
디자인 | 오경은 이동홍
마케팅 | 박영민
관리 | 이용승

ISBN 979-11-90566-98-8   03810

잘못된 책은 구입하신 서점에서 바꾸어 드립니다.

값 15,000원

한국디카시 대표시선

19

홍영옥 디카시집

내 마음속의 거울

작가

■ 시인의 말

나는 아직도 '화양연화'를 꿈꾸고 있습니다.

전쟁이 끝난 줄도 모르고 동굴 속에 숨어 살다가
뒤늦게 밖으로 나온 병사처럼
어떤 날의 어떤 순간은
그저 막막하고 먹먹해집니다.

찬란하게 사랑했던 지난날 그 순간들이 다시 오기를
꿈꾸어 봅니다.

남루한 속옷처럼 누구에게 보여주고 싶지 않았던
제 일상들을 담은 디카시집
『내 마음속의 거울』을 읽는 분들께
따뜻한 마음의 밥 한 공기 정성껏 대접해 드립니다.

2024년 8월
홍영옥

시인의 말

제1부 데스밸리의 생명력

제4부 고국 그리고 동심의 날들

제1부
데스밸리의 생명력

데스밸리 자브라스키

이 세상, 태초에

비바람, 폭풍으로 몰아칠 때

흩어져 쏟아진 하늘, 구름, 바닷물 지나가

골짜기로 이루어진, 골 골 골짜기

죽음의 계곡 데스밸리에 신비로운 풍경

안자 보레고 사막의 오아시스

하늘과 모래뿐인 사막 길을

하염없이 걸어서 2시간

안자 보레고에서 오아시스를 만나다

팜 트리 나무 무성한 잎의 그늘과

개울물 철철 흘러 해갈 이루다

테코파 온천의 이정표

몇천 년 전부터

데스밸리 테코파에

온천이 있다는 걸 알려주려고

인디언 원주민들이

언덕 꼭대기에 세운 이정표

데스밸리의 세월

자브라스키는 수천 년 전에

바다였던 곳

계속되는 사막 기후에

바닷물이 마르고 말라 염전처럼

불모의 땅 현주소

풀 한 포기도 살 수 없도록

물이 없어 메마르고

땅이 갈라져서

죽음의 계곡이 된 데스밸리

야생화

죽음의 땅 데스밸리

하늘과 돌멩이와 맨숭맨숭 벌거숭이 산

사막 길을 한없이 달리다 만난 노란 야생화

이 척박한 모래언덕 땅에서도

제 자리를 잡은 생명력이 있었네

야외 온천

사막 한가운데에도
야외 온천이 있어요
물이 엄청 따뜻하고
피부가 매끈매끈하게
부드러워요

데스밸리 소금바다

몇천 년 전에

바다였던 곳이라네요

하늘과 구름과 소금밭뿐

오! 세상이 이렇게 적막할 수가

데스밸리로 들어가는 길

LA에서 4시간을 달리면 베이커라는 곳

다시 왼쪽으로 허허로운 사막 길을 두 시간 달리면

테코파 온천이 있다네

데스밸리 안쪽까지는 몇 시간 더 가야 하는 길

사랑의 묘약

언제든지 항상

나는 네 친구, 너는 내 동무

좋은 만남이 되어

암말 없이 서로의 입맞춤으로도

애틋한 속마음 알아버리려니

갈가마귀 토라짐

초동의

적막하고 외로운 데스밸리

이 세상에선 오직

너와 나 둘뿐인데

토라져서 어쩌자는 거야

제2부

러시모어와 앤텔롭캐년

크레이지 호스

인디언의 영웅 추장

크레이지호스의 모습을

인디언 주민들이

돌산을 깎아서

몇십 년 동안 만들고 있다네

인디언 추장

1868년 미국 사우스다코타주

인디언 마을을 점령하려는

백인들의 계획에 저항하는 크레이지 호스

말 타고 돌격하는 기상

모형이지만 최고의 추장!

큰 바위 얼굴

사우스다코타의 주 러시모어에서
미국 대통령 얼굴을 조각하다
1927년에 착공, 1941년에 완공된 4명의 얼굴
다이너마이트를 터트려 산의 모양을 바꾼 역사
주민 200여 명의 자원봉사로 완성했다고 전한다

위대한 대통령들

조지 워싱턴 – 초대 대통령

토머스 제퍼슨 – 미국 독립 선언문 작성

시어도어 루스벨트 – 파나마 운하 건설

에이브러햄 링컨 – 노예해방 선언, 남북전쟁 종식

미국인들이 존경하는 영웅들의 초상

외로운 사람들

외로움도 물 흐르듯이 흐르다가

가끔은 다시 돌아보면서

정겨운 이야기 도란도란

착한 사슴처럼 기대고 살아요

침묵

그리움도 미움도

강물이 되어 바다로 흘러갔나 봐요

구석구석 텅 빈 마음

원망 슬픔 분노의 부스러기들도

바람결에 휩쓸려 갔나 봐요

내 마음속의 거울

모든 게 지지부진하고
내가 한심해서 한숨 나오고
스스로를 믿을 수 없어서 비틀거릴 때
선명한 거울로 내 마음 비춰 보았네

이별 후에 남은 것

흙먼지 뒤덮여 숨 막히던 우리 사랑

풀썩대던 속마음으로

가서는 반드시 오겠노라던 그 약속 슬프지만

굳은 맹세 잊지 않고 오늘도 당신을 기다리네

앤텔롭캐넌의 소로

홍수로 물과 흙의 뒤덮인 흐름이
돌길 협곡이 되었다
인디언의 땅 애리조나주 앤텔롭캐넌
그 신비를 찾아 온 세계에서 몰려왔다

이 또한 지나가리라

어둡고 험난한 이 골짜기를

조금만 지나가면

저어기

환한 세상이 기다리는데

제3부
비숍과 빅베어와 풍경들

늦가을의 쓸쓸한 비숍

삭막한 돌들과

바람결만이 호숫가에 가득한데

아무도 찾는 이 없는 레이크 사브리나

자동차 한 대만이

외로운 방문객으로

비숍의 가을 풍경

푸르렀던 나무들이

가을옷으로 갈아입기 시작하면

갈무리 서두르는 가을 풍경 따라

은행잎 노란 행렬 여한 없이 물들었네

가을 나들이

모처럼 맑은 가을날

비숍의 샛노란 단풍을 만나다

내 고향 뒷산에선 뻐꾸기 울고

소쩍새도 드문드문 가을날을 울었는데

이역만리 비숍에서 어린 날을 그리다

그리움

그대를 향한 하염없는 그리움이

내게로 와서

하늘 구름 호수 되었네

무심한 풍경에 이토록 가슴 에이다니!

빅베어의 호수

구름은 혼자 흘러가기 외로워

호수에게 친구가 되자고 했지요

어느 결에 서로 쌍둥이 얼굴이 되어

이젠 외롭지 않아요

엇갈림

오랜 세월

아등바등 엇갈리면서도

함께 바라보면서 살아야 하는

우리는 인생의 도반인 거야

랭커스터 야생화

오랜만에 그리운 고향 가는 길

하늘은 파랗게 춤추고

온 동산에

파피꽃의 향연

하느님이 산과 들 파스텔로 칠하셨네

해 뜰 무렵

여명의 새벽하늘에

이제 멀리 지나간 그리운 세월들이

구름처럼 피어오르고 있네

노인 아파트 13층의 외로움

절망 속에 피는 꽃

아무리 하늘이 드높아도

온 세상이 다 얼키고 설켜서

나를 내버렸어도

연초록 잎과 예쁜 꽃은 피워 내야지

홍매화

다운타운 빌딩 숲 나뭇가지에
활달하고 어여쁘게 꽃이 피었네
세상사 각박한 인심 속에서도
붉은 마음으로
나 여기 있노라고!

달빛 사랑

내가 저 달에서 떠나온 거야

외로운 내 창을

달빛이 비춰주고 있는 건

고향 잃은 나를

자기 일처럼 애처로워하는 거야

제4부
고국 그리고 동심의 날들

속초 바다의 아침 해

외로웠던 어느 가을날
그리운 고향 바다에서
떠오르는 아침 해를 맞이하다
아침녘인데도
햇살이 따스하기만 하다

경주 황은사

경주 황은사

모진 세월 지나가도록
뼈다귀만 앙상하게 드러내고 있네
천년고도
경주임을 알려주는 나목이여!

우포늪

초동 햇살에 늪 안개 스러지면

물억새들은 물멍 물멍

나목의 줄기 끝

외로운 연초록 잎

봄인가 하고 얼굴 내밀고

그리운 장독

장독 뚜껑 열고

된장, 고추장, 간장을

한 바가지씩 퍼 담아 주면서

실컷 주절거리는

수다 떠는 여인이 되고 싶어

품바 각설이 타령

벙거지 모자 쓰고

검정 고무신 신고

각설이 타령 부르면

깡통에 밥을 얻어 담아서

이 숟가락으로 30년을 퍼먹었지요

유년의 놀이

정겨운 골목길

경복궁 담길 옆에 있던 말뚝박기 놀이기구

애들아! 어서 빨리 저 등에 올라타자

같이 놀던 친구들은 모두 어디로 사라졌으니

아하! 세월 저편의 일이로구나

손녀들의 기도

두 꼬마가 묘지 앞에서

고사리 같은 손 모아 드리는 기도

할아버지 안녕하세요?

새집으로 이사하던 봄날

올망졸망 아이들 키우던 시절

좁은 아파트에 살다가

처음으로 집을 사서 이사하던 날

앞마당엔

샛노란 꽃나무가 반겨주었지

장미 두 송이

낮은 관목 중동 잘리고
줄기 베어져 나가도
거기 새잎이 돋아나고
그 곁에서 장미는 피어나네

제5부
디아스포라의 삶과 종교성

디아스포라의 삶

내 조국을 떠나서
낯선 이국땅에서
함께 어울렁더울렁
뿌리 내리며 살아가기

닉슨 대통령 생가

한 아이가
닉슨 대통령의 재임 시절
발자취를 따라 손으로 가리키고 있다
엄청 많이도 다녔다

작은 도서관

동네에 작은 도서관이 있다

그런데 책을 빌려 가는 이도 없는지

몇 년이 되도록

책들이 그대로 다 있다

죄인이 여기 있나이다

죄인이 여기 있사오니
새로 태어나게 하소서
부디 용서해 주소서
불쌍히 여기소서.

메모리얼 데이

요바린다 성당에서
메모리얼 데이 미사 후에
신부님과 주교님이
동네 주민들과 함께
성과 속의 일치를 본 보이네

세인트 마틴 성당의 예수님

하늘로 승천하시는 예수님을 바라보는

제자들의 간절한 눈빛처럼

매일 예수님을 뵈면서 기원하네

오! 예수님

저의 간절한 기도를 아시지요?

카피스트라노 성당의 종

강남 갔던 제비가

가장 먼저 찾아온다는 전설의 이곳

아마도 이 종소리를 듣고

제비들이 돌아온 게 분명할 거야

종지기 폴 할아버지

카피스트라노 성당에서

종 치는 일로 평생을 보내신

폴 할아버지의 수고가

잊혀지지 않도록

누군가가 기념 명패를 세웠네

로스앤젤레스의 게티미술관에는

르네상스 시대의 미술품들이 많다
그중엔 왕실의 장신구들도 있었다
위대한 왕실의 권위를 위하여
근육 튼튼한 하인들은 받쳐주면서
그 힘으로 왕실이 존재하게 되었다

신박한 풍광과 중층적 관찰력

— 홍영옥 디카시집 『내 마음속의 거울』

김종회(문학평론가, 한국디카시인협회 회장)

1. 불모의 땅에서 만나는 생명의 힘

홍영옥은 한국디카시인협회 미국 LA지부장을 맡고 있는 작가요 시인이다. 해외에서 디카시를 쓰는 시인들 가운데서도 다양한 아이디어와 활동력을 자랑하는 부지런한 사람이다. 필자와는 경희사이버대학교에서 함께 공부한 적이 있고, 또 필자가 관장하던 경희해외동포문학상 수상자이기도 하여 여러 부면에서 인연이 깊다. 그는 2002년 미주크리스천문협에서 단편소설을 발표하며 작품 활동을 시작했고, 2007년 계간《문학나무》의 단편소설 신인상을 수상했다. 미주한국소설가협회 회장을 역임했으며 2018년에 창작집 『어디에 있든, 무엇을 원하든』을 상재上梓한 바 있다. 그가 마침내 첫 디카시집 『내 마음속의 거울』을 펴내게 되니, 마음으로부터 기껍고 흔연하다.

　이 시집의 1부 〈데스밸리의 생명력〉에는, 이름 그대로 죽음의 골짜기인 이 지역을 찾아 사진을 찍고 시를 덧붙인 작품들을 수록했다. 데스밸리는 미국 캘리포니아주 남동부에 있는 황량한 분지를 말하며, 극단적인 자연환경으로 인해 과학자들과 관광객들의 관심이 집중되고 있는 곳이다. 이 분지의 남북 길이는 225km이며 동서 길이는 8~24km에 달한다. 북아메리카에서 가장 덥고 건조한 지역이며, 서반구에서 고도가 가장 낮은 곳으로 해수면보다 82m 낮은 지역도 있다. 시인은 이 험난한 지역을 찾아 그 신기한 자연의 모습들에 카메라 렌즈를 갖다 대고, 그 풍광이 마음속에 전하는 소리를 기록했다. 풍광과 더불어 그 땅에 서식하는 새들을 포착하여 「사랑의 묘약」과 「갈가마귀의 토라짐」 같은 시를 남겼다.

이 세상, 태초에
비바람, 폭풍으로 몰아칠 때
흩어져 쏟아진 하늘, 구름, 바닷물 지나가
골짜기로 이루어진, 골 골 골짜기
죽음의 계곡 데스밸리에 신비로운 풍경

—「데스밸리 자브라스키」

인용된 시의 '자브라스키'는 데스밸리 여행 중에 만나는 관람 포인트의 이름이다. 연속적으로 펼쳐진 뾰족한 느낌의 침식 풍경이며, 햇빛에 따라 그 굴곡의 색감이 조금씩 다르게 보이는 매력적인 장소다. 데스밸리 중에서도 가장 장엄하고 섬세하다는 평을 받고 있는데, 호수에 퇴적된 침전물이 풍화작용을 거치며 지금 눈에 보이는 이 지형을 만들어냈다는 것이다. 굳이 비교하자면 중국 간쑤성 장예시 실크로드의 칠채산을 들 수 있을까. 시인은 이 세상 태초로부터 이 구조화가 시작되었다고 보고 비바람과 폭풍, 하늘 구름 바닷물 모두를 동원하여 이 신비로운 경관의 의미를 상찬賞讚했다. 기실 이만한 절경 앞에 눈길을 두고 서면, 이를 제대로 형용할 언사를 발견하기 어려울지도 모른다.

자브라스키는 수천 년 전에
바다였던 곳
계속되는 사막 기후에
바닷물이 마르고 말라 염전처럼

—「데스밸리의 세월」

덥고 건조하며 수면보다 낮은 곳이 많은 이 계곡은, 수천 년 전에 바다였다는 것이 아닌가. 그리고 계속되는 사막 기후에 바닷물이 마르고 말라 염전처럼 되었다는 시인의 안내가 있다. 미상불 멀리 바라다보이는 분지의 정경이 한 여름날의 염전처럼 느껴지기도 한다. 시인이 이를 두고 요약한 한 마디 언표言表는 '세월'이다.

어떤 그림이 있어 거기 잠복한 세월을 이보다 더 적나라하게 표출할 수 있을까. 주변의 모든 사물이 죽어 있고 생명의 온기를 찾기 어려운 환경이기에, 위기에 처한 부부나 연인이 다녀오면 다시 사랑의 감정을 회복한다는 속설이 있을 정도다. 완만한 언덕에 가시덤불 나무 몇 그루가 숨죽이고 엎드려 있는 적막강산에서, 우리는 문득 생각난 듯 생명력의 소재를 묻는다.

2. 경이로운 경관의 문학적인 해석

이 시집의 2부 〈러시모어와 앤텔롭캐년〉에 수록된 시들은, 소제목에 있는 그대로의 두 명승지를 다녀와서 디카시를 추수한 결과다. 마운트 러시모어는 미국 사우스다코타주의 키스톤에 있는 소문난 관광 명소 중 하나다. 이곳의 블랙힐스 지역에는 저 유명한 미국 대통령 4인의 얼굴이 산 전체를 원석으로 하여 조각되어 있다. 그 인근에는 전설적인 인디언 추장 〈크레이지 호스〉의 기마상을 산 전체에 조각하는 엄청난 역사役事도 있다. 또 다른 명승 앤텔롭캐년은 애리조나주 내륙에 위치해 있으며 기실 전 세계 사진작가들의 로망이라고 알려진 사암沙巖 동굴 계곡이다. 오랜 연륜을 감당하면서 사암의 천장이 열리고 내부 통로가 뚫렸는데, 여기에 햇빛이 스며들면 형형색색의 장관壯觀을 자랑하는 '별유천지別有天地'다. 필자는 홍영옥 시인 일행과 함께 이 두 지역을 여행하는 행복을 누린 바 있다.

조지 워싱턴 – 초대 대통령
토머스 제퍼슨 – 미국 독립 선언문 작성
시어도어 루스벨트 – 파나마 운하 건설
에이브러햄 링컨 – 노예해방 선언, 남북전
쟁 종식
미국인들이 존경하는 영웅들의 초상

—「위대한 대통령들」

    미국인들이 존경하고 사랑하는 대통령 4인의 얼굴이 바위산 전체를 바탕으로 선명하게 조각되어 있다. 조지 워싱턴, 토마스 제퍼슨, 시어도어 루스벨트, 에이브러햄 링컨이 그들이다. 국가 지도자를 존경하는 것은 상당 부분 자기 국가에 대한 존중을 표시하는 것과 같다. 어느 위인이며 영웅인들 흠결 없는 이가 있을까마는, 큰 공功을 보고 작은 과過를 덮지 않으면 종국에는 우리나라처럼 '존경할 만한 인물 만들기에 실패한 역사'를 노정露呈하게 되지 않을까. 그러기에 미국인들이 기를 쓰고 이 먼 오지를 찾아가는 심사를 이해할 만도 하다. 불현듯 화향백리 주향천리 인향만리花香百里, 酒香千里, 人香萬里라는 옛말 한 구절이 떠오른다.

모든 게 지지부진하고
내가 한심해서 한숨 나오고
스스로를 믿을 수 없어서 비틀거릴 때
선명한 거울로 내 마음 비춰 보았네

—「내 마음속의 거울」

128

앤텔롭캐년 어프 동굴 중간 어름에서 찍은 사진이다. 꼭 같은 포인트에서 찍었기에 필자에게도 이와 거의 유사한 사진이 있고 그 사진으로 「마법사」란 디카시를 쓴 바 있다. 이 시인은 사진에서 보이는 하트 모양의 동굴 출구를 두고 '내 마음속의 거울'이라 불렀고, 이 말은 그대로 시집의 표제가 되기도 했다. '모든 게 지지부진하고…'로 시작되는 자조적인 어투의 끝에, 내 마음을 비춰보는 '선명한 거울'로 이 영상의 존재를 인식했다. 그렇다. 우리가 보다 진중하고 정확하게 자신의 마음속을 점검하고 확인할 수 있다면, 갖가지 근심과 걱정을 날려 보낼 수 있을 것이다. 그 외에도 시인은 이 골짜기에서 많은 것을 보고 또 많은 상념을 거두어 들였다.

3. 여행지에서 얻은 서정성의 정체

이 시집의 3부 〈비숍과 빅베어의 풍경들〉에 수록된 시들은 그 나름대로 이름 있는 풍경을 가진 비숍, 빅베어 그리고 다른 여러 지역을 여행하면서 뜻깊게 수확한 디카시들을 담고 있다. 비숍은 미국 캘리포니아에 속한 도시로 가을의 노란 단풍이 일품으로 알려져 있다. 그런가 하면 빅베어는 LA에서 2시간 정도 떨어져 있는, 호수가 있는 유원지다. 시인은 이 지역들을 방문한 여행자로서, 가슴을 열고 그 서정적 감상을 받아들여 시를 제작했다. 3부에는 이 두 곳 이외에도 자신의 삶 주변에서 마주치는 여러 풍정風情이나 경물景物을 소재로 그 내면의 의미를 읽어 내려는 노력을 기울였다. 이때의 내면이란 곧 시인 자신의 심정적인 분위기와 별반 다르지 않을 것이다. 「절망 속에 피는 꽃」이나 「달빛 사랑」 같은 시가 바로 그렇다.

삭막한 돌들과
바람결만이 호숫가에 가득한데
아무도 찾는 이 없는 레이크 사브리나
자동차 한 대만이
외로운 방문객으로

—「늦가을의 쓸쓸한 비숍」

늦가을이면 한 해의 생산을 마감하고 다음을 위해 저장하며, 동시에 그에 따른 쓸쓸한 심정을 갈무리해야 하는 시기다. 시인이 바라본 비숍 호수의 물빛은 사뭇 푸르지만, 그 주변은 벌써 고즈넉하기 이를 데 없다. 이처럼 처연한 자리에 서면, 누구나 지나온 자기 인생을 반추하기 마련이다. 그와 같은 연유로 시가 우리 인생의 지리책이 되는 형국이다. 시인은 '삭막한 돌들과 바람결'이 가득한 호숫가의 외형을 그려 보이며, 거기 '자동차 한 대'가 외로운 방문객으로 서 있는 광경을 환기한다. 시에 의하면 사브리나 호수다. 이러한 시가 우리에게 공감을 주는 것은, 대부분 그 공감을 받아 누릴 준비가 되어 있는 사람에게 해당된다. 시인도 좋은 시인이어야 하지만, 독자 또한 좋은 독자여야 하는 이유다.

오랜만에 그리운 고향 가는 길
하늘은 파랗게 춤추고
온 동산에
파피꽃의 향연
하느님이 산과 들 파스텔로 칠하셨네

—「랭커스터 야생화」

시인이 사는 캘리포니아 인근 랭커스터의 앤텔롭 밸리 파피꽃은 널리 이름이 있다. 파피꽃은 곧 양귀비꽃이며 캘리포니아주의 주화州花이기도 하다. 엔텔롭 밸리가 모하비 사막에 있으니, LA에서 내륙으로 한참 이동해야 한다. 이곳에서는 봄마다 산에 꽃불이 붙는 것 같은 장관이 펼쳐진다. 1700년대 스페인 선원들이 지금의 LA 앞바다를 항해하다 파사디나 쪽에서부터 25마일 북쪽에 펼쳐진 이 꽃 무리를 보고 '금강River of Gold이 흘러 내린다'고 표현했다지 않는가. 시인은 이 장엄한 꽃의 행렬을 일러 '하느님이 산과 들 파스텔로 칠하셨네'라고 노래했다. 로얄 블루의 짙은 하늘, 온 동산에 파피꽃의 향연이 잔칫날처럼 펼쳐진 절경에, 시는 자연히 따라오는 감탄사가 되었다.

4. 본향과 타향에 걸친 삶의 이정표

근자에 많이 쓰이는 디아스포라diaspora라는 용어는 그리스어에서 온 것으로, 분산分散 또는 이산離散이라는 의미를 갖고 있다. 그 개념이 적용되는 원래의 영역은 유대인의 역사 위에 놓여 있고, 팔레스타인 외역外域에 살면서 유대의 종교 규범과 생활 관습을 유지하던 유대인 및 그들의 집단 거주지를 가리키는 말로 확인된다. 곧 '이산 유대인'이나 '유대인 이산의 땅'이 정확한 풀이다. 그런데 오늘날에 와서는 그 적용 범주와 성격이 우리 한국인의 역사 문화적 상황과 너무도 많이 닮아 있는 까닭에, 우리 민족의 이산과 이주의 형편에 직접적으로 대입하여 사용하고 있다. 이 시집의 4부 〈고국 그리고 동심의 날들〉에 수록된 시들은, 디아스포라의 땅에 살면서 고국을 그리워하는 시들과 그에 연동된 동심의 시들을 한데 묶었다. 시인에게 있어 「경주 황은사」나 「창녕

우포늪」 같은 시의 제목은 그렇게 그리운 이름들의 별칭이다.

외로웠던 어느 가을날
그리운 고향 바다에서
떠오르는 아침 해를 맞이하다
아침녘인데도
햇살이 따스하기만 하다

—「속초 바다의 아침 해」

　인용된 시는 제목 그대로 속초 바다의 일출을 붙들었다. 멀리 수평선 위로 해가 솟아 오르면, 그 빛기둥이 바다를 가로질러 눈앞에까지 이른다. 시인이 살고 있는 캘리포니아에 왜 이와 같은 일출이 없으랴마는, 이 동해 바다의 아침은 시인의 생애에 추억처럼 잠복해 있는 지난날의 시간대를 상징한다. 그러기에 '외로웠던 어느 가을날'에 '그리운 고향 바다'에서 맞는 아침 해가, 아침녘인데도 따스하기만 한 것이다. 누구나 알고 있는 수구초심首丘初心이라는 사자성어가 먼 나라의 이야기가 아니다.

올망졸망 아이들 키우던 시절
좁은 아파트에 살다가
처음으로 집을 사서 이사하던 날
앞마당엔
샛노란 꽃나무가 반겨주었지

—「새집으로 이사하던 봄날」

사진의 모양으로 보아 시인이 미국에서 살던 한 시기의 주택인 듯하다. 집의 형태, 차고의 문, 나무들의 모습으로 미루어 짐작컨대 조용하고 평화로운 개인 집들이 있는 곳 같다. 시인은 이 시기를 '올망졸망 아이들 키우던 시절'이라 불렀다. 좁은 아파트에 살다가 처음으로 새집을 사서 이사했다고 설명하고 있다. 누구나 아이를 키우던 시절이 있고, 더 나은 집으로 이사하던 날이 있고, 그로써 삶의 경과를 적층積層하던 인생사가 있다. 그것이 우리의 범상하면서도 운명적인 세상살이다. 시인은 그날을 선명하게 기억하고 있다. 무엇보다도 앞마당의 '샛노란 꽃나무'가 반겨주었기에. 그러고 보면 이 한 장의 사진, 이 한 편의 디카시야말로 무엇과도 바꿀 수 없는 한 개인의 실록實錄, 그 한 페이지인 셈이다.

5. 지금 여기의 생애와 종교 지향성

이 시집의 4부에서 디아스포라에서의 삶과 더불어 고국과 고향을 그리워하던 시인은, 5부 〈디아스포라의 삶과 종교성〉의 시들에 이르러, 이제 지금 살고 있는 땅에서의 환경과 생활양식을 형상화하고 있다. 중국 북송의 시인 소동파의 시 한 구절에 '인간도처유청산人間到處有靑山'이라 했으니, 사람이 어디서 죽는다고 해도 뼈를 묻을 만한 곳은 있다는 뜻이다. 그러나 이 모든 세설細說은 결국 '지금 여기'의 귀함을 수식하는 데 지나지 않는다. 시인은 자신이 감당하고 있는 일상의 터전을 바탕으로, 그 삶을 이루는 요목들과 또 가슴 깊이 간직하고 있는 종교적 신념들을 5부에서 디카시로 펼쳐 보였다. 그런 만큼 여기에서는 미르체아 엘리아데가 구분한 바 『성聖과 속俗』에서의 다기한 그림들을 함께 목도할 수 있다.

르네상스 시대의 미술품들이 많다
그중엔 왕실의 장신구들도 있었다
위대한 왕실의 권위를 위하여
근육 튼튼한 하인들은 받쳐주면서
그 힘으로 왕실이 존재하게 되었다

—「로스앤젤레스의 게티미술관에는」

캘리포니아 말리부에 있는 폴 게티미술관은, 고대 그리스와 로마의 고미술품들을 비롯하여 18세기 프랑스의 장식예술품 그리고 14~20세기 서유럽의 미술품들을 소장하고 있다. 미국 역사상 최고의 석유 재벌 폴 게티가 전 세계에서 수집한 개인 소장품을 모은 곳이다. 사진은 이 미술관에 소장된 프랑스 장식예술품 중 하나로 보인다. 시인은 튼실한 두 남자가 가구를 떠받치고 있는 조가을 보여주면서, 그와 같은 하인들의 헌신과 희생이 있었기에 '왕실의 권위'가 유지될 수 있었다고 본다. 사진에 나타난 물리적인 힘과 그것이 상징하는 당대 사회의 권력 구조를 하나의 꿰미로 판독하는 감상법이다.

카피스트라노 성당에서
종 치는 일로 평생을 보내신
폴 할아버지의 수고가
잊혀지지 않도록
누군가가 기념 명패를 세웠네

—「종지기 폴 할아버지」

　인용된 사진은 카피스트라는 성당의 종마루에 매달린 두 개의 종과 그에 대한 설명이 적힌 기념 명패를 보여준다. 이 성당은 캘리포니아 어바인에서 샌디에이고 방향으로 20분 거리에 있으며, 정확한 명칭은 '산 후안 카피스트라노 성당'이다. 그림만으로 보면 언뜻 빅토르 위고의 소설 『파리의 노트르담』이 떠오르고, 어쩌면 황순원의 단편 「소리그림자」가 생각나기도 한다. 시인의 표현에 의하면, 이 성당에서 종 치는 일로 평생을 보낸 '폴 할아버지'의 수고를 기려 누군가가 명패를 붙였다는 것이다. 맡은 일 하나에 변함없이 일생을 바쳤다는 이야기는, 누가 들어도 존중할 수밖에 없다. 시인이 지향하는 종교성의 감동도 바로 이와 같은 모형일시 분명하다.

　우리는 이제까지 홍영옥의 디카시 50편을 공들여 읽었다. 그의 시들은 한결같이 일상의 삶 속에서 만나는 뜻깊은 풍경들, 애써 찾아 나선 여행지에서의 감명 깊은 경관들, 그리고 자신의 삶이 자장磁場을 미치는 범위에서의 사물들과 그에 대한 웅숭깊은 생각들을 담아내었다. 그의 디카시들은 크게 독특하거나 외경畏敬스러운 장면을 포착하려 서둘지 않으며, 삶이 시가 되고 시가 삶이 되는, 이른바 일상의 예술이요 예술의 일상이라는 디카시 본연의 지향점을 잘 드러내었다. 그런 까닭으로 그의 시는 어렵거나 복잡하지 않으며 순적順適한 가운데서 오래 여운이 남는, 곰삭은 의미의 결정結晶을 걷어 올리는 방식으로 나아간다. 바라건대 그가 지속적으로 이렇게 좋은 시편들을 생산함으로써, 우리로 하여금 계속해서 좋은 디카시를 읽는 기꺼움을 누리게 해주었으면 한다.